LE TRIOMPHE

DE

LA FOY.

Par M. le Clerc de l'Academie Françoise.

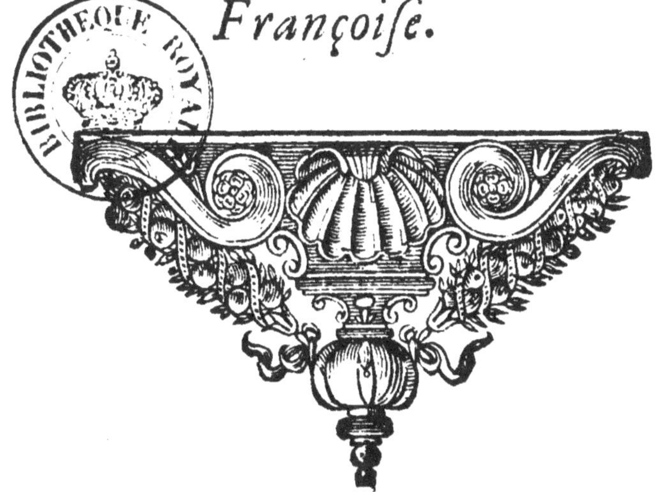

A PARIS,

De l'Imprimerie D'ANTOINE LAMBIN, ruë
saint Jacques, au Miroir.

M. DC. LXXXVI.

Avec Permission.

LE TRIOMPHE
DE
LA FOY.
IDYLLE.

'Invincible *LOVIS*, *qu'une plus longue guerre*
Auroit pû rendre un jour le Maistre de la Terre,
Par la Paix imposée à ses fiers Ennemis
Qu'aprés tant de travaux son bras avoit soumis,
Remportant sur luy-mesme une pleine victoire
Sembloit avoir donné des bornes à sa gloire,

A ij

Quand l'Amour de la Foy d'une divine ardeur
De ce sage Heros vint embraser le cœur.

 Que te sert, luy dit-il, d'avoir par tes Conquestes
Triomphé tant de fois des plus superbes Testes,
D'avoir veu le Batave & le Belge domptez
Ne trouver de secours qu'en tes seules Bontez,
Qu'on sente encor l'odeur aux rives Affriquaines
De tes foudres lancez sur leurs Villes hautaines,
Que le Gennois rempant pour calmer ton Couroux
Devant ton Throsne auguste ait flechi les genoux,
Que tu fasses trembler l'un & l'autre Neptune,
Et que tout l'Univers revere ta Fortune ?

 Quel fruit t'apporteront ces pompeux Monumens,
Tous ces Arcs triomphaux, tous ces grands Bastimens,
Ces Miracles de l'Art, ces énormes Ouvrages,
Ces Bronzes dont Vulcain a formé tes Images,
Ces Colosses parlans à ta gloire eslevez,
Ces Titres sur le marbre & sur l'airain gravez,
Ces Lions enchaînez, ces Aigles abbatuës,
Superbes Ornemens de tes riches Statuës ?
On y verroit en vain le Monde sous ta loy,
Si le Dieu que tu sers ne triomphe avec Toy :

En vain de tous coste{ les Fastes de l'Histoire ,
Et les charmans concerts des Filles de Memoire
S'efforcent de transmettre aux Siecles à venir
De ton Nom redouté l'eternel souvenir ,
Si toûjours l'Heresie au sein de ton Empire
Au mespris des Autels en liberté respire ,
Si ceux qu'elle infecta de son mortel poison
N'en reçoivent de Toy la prompte guerison,
Et si cette Hydre enfin par tes mains estouffée
Ne fait de ta Vertu le plus digne trophée.

Songe aux cruels malheurs que sa Secte a cause{,
Voy par Elle en tous lieux tes Sujets divise{,
Repasse en ton Esprit ses mortelles pratiques ,
Tant de Sang répandu , tant d'Histoires tragiques ,
D'un sacrilege effort les Autels prophane{,
Les Prestres avilis , les Temples ruine{,
Les Blasphemes porte{ jusques au Sanctuaire,
Et par ce qu'elle a fait, voy ce qu'elle peut faire ?

Deux Siecles presque entiers l'ont veu vivre & regner,
Le Bras du Tout puissant ne veut plus l'épargner,
Et lassé d'en souffrir le pouvoir tyrannique
Sous ton Regne a marqué son An climaterique :

C'eſt à toy d'achever l'Ouvrage glorieux,

Qu'ont avec tant de peine ébauché tes Ayeux :

    Ton Pere plus que tous embraſé d'un ſaint Zele

Humilia l'orgueil de ce Monſtre rebelle,

De ſon plus fort Azyle il força les rempars,

Y remit de la Croix les ſacrez eſtendars,

Et s'il n'en obtint pas une pleine victoire,

C'eſt que le Ciel voulut t'en reſerver la gloire ;

Ne differe donc plus d'obeïr à ſa voix,

Et par ce ſaint exploit couronne tes exploits.

    Le Monarque des Lis, digne Enfant de l'Egliſe

Qui meditoit déja cette grande Entrepriſe,

Animé de nouveau par ce preſſant diſcours

Conſacre à ce grand Oeuvre & les nuits & les jours,

Il n'eſt rien qu'il ne tente, il n'eſt ſoin qu'il n'employe

Pour détruire ce Monſtre & luy ravir ſa proye.

    Par ſon ordre d'abord nos Paſteurs éclairez

Tâchent à ramener ces Sujets égarez :

Sa liberale main les accable de graces

Quand du chemin des Cieux ils reprennent les traces,

Et ſans diſtinction il remplit de terreur

Ceux qu'il trouve endurcis dans leur aveugle erreur.

Ainſi le Dieu tonnant, lors qu'il lance la foudre
Dont il met les rochers & les Cedres en poudre,
Pourvoit à meſme temps à la ſoif de Cerés,
Et d'une douce pluye inonde ſes guerés :
Il les regarde tous avec les yeux d'un Pere,
Que fait agir l'Amour, & jamais la Colere,
Et qui ſur ſes Enfans n'exerce un feint couroux
Que pour ſe rendre aprés plus aimable & plus doux.
En leur montrant leurs maux, il les ſent, il les charme,
Si ſa force les bat, ſa douceur les deſarme,
Il eſt moins leur Vainqueur qu'il n'eſt leur Medecin,
Leur ſalut fait ſa joye & c'eſt toute ſa fin.
A peine ſes Eſclairs annoncent le Tonnerre,
Qu'on voit naiſtre le fruit d'une innocente guerre,
Les uns plus éclairez déchirent le bandeau
Qui cachoit à leurs yeux le celeſte Flambeau,
D'autres, dont l'ignorance avec le lait ſuccée
Ne pouvoit de leur cœur ſi toſt eſtre effacée,
Aprés de longs combats vaincus & mieux inſtruits
Renoncent aux leçons qui les avoient ſeduits.
Ils courent à l'envy par un retour ſincere
Dans les bras que leur tend la veritable Mere.

Et ne se lassent point de loüer hautement
La Main qui les tira de leur aveuglement.

   Le Voyageur errant qui sous de faux indices
Marchoit pendant la Nuit au bord des precipices,
Quand le Soleil naissant luy fait voir son danger
Benit ainsi le Jour qui vient l'en degager.

   Mais pour purger l'Estat d'une Peste intestine,
LOUIS voit qu'il est temps d'en couper la racine,
Il rompt ces durs Edits, par qui nos derniers Rois
Laissoient à ce Serpent l'usage de la voix,
Dont il n'avoit cessé par ses fausses Maximes
D'infecter les Esprits, de fomenter les crimes.

   Ces Edits qui blessoient l'honneur du Potentat,
Qui ne furent soufferts que pour calmer l'Estat,
Sont à peine abolis par une Loy Suprême,
Que ce Serpent outré se deschire luy-mesme,
Et dans ces mesmes lieux où brilla son orgueil
Il void finir son regne & creuser son cercueil :

   Ces Edifices, vains de leurs riches Structures,
Où l'Erreur estala toutes ses impostures,
Par un juste retour destruits & renversez,
Ne sont plus que des Champs par le Soc traversez,

Et ce Roy dont la Vie est fertile en prodiges
Veut que la seule Histoire en garde les vestiges :
   L'épouvantable bruit que fait ce lourd débris
Penetre les cachots des tenebreux Esprits,
L'Enfer ne fut jamais surpris d'un si grand trouble,
De son cruel Tyran le supplice y redouble,
Il voit aneantir sa fraude & son pouvoir,
Et par ses heurlemens marque son desespoir.
Il voit de tous costez les Provinces entieres
Du veritable Culte embrasser les lumieres,
Il voit ses Partisans en foule prosternez
Au pied de ces Autels qu'ils avoient prophanez.
Par les soins de LOUIS, par sa sage conduite
Sans espoir de retour il voit l'Erreur détruite,
Il sçait qu'il sert d'exemple à tous les Potentats,
Et craint le mesme sort pour les autres Estats.
   Cet Ange revolté, ce Pere du Mensonge
Luy-mesme est son bourreau, se devore, se ronge,
Et vange sur Calvin qui gemit dans ses fers,
Ne voyant plus tomber tant d'ames aux Enfers,
Par de nouveaux tourmens, par un digne salaire
Et les maux qu'il a faits, & ceux qu'il ne peut faire

Dans ce Gouffre rempli de desordre & d'horreur
Il entend sanglotter la Discorde & l'Erreur,
Qui tombant sous l'effort d'une si rude atteinte
Pleurent de leur venin toute la force esteinte ;
Il y meurt mille fois de se voir exilé
D'un Estat où souvent il s'estoit signalé,
Jusques à se flatter, que par son artifice
Il pourroit en bannir le divin Sacrifice,
Telle fut sa douleur, quand du plus haut des Cieux
Il vid fondre sur luy l'Ange victorieux,
Et que pour le punir de cet Orgueil extreme,
Dont cet ingrat osa s'égaler à Dieu mesme,
De ce Sejour de gloire & de felicité
Au plus creux des Enfers il fut precipité,
Et traînant avec luy son Escadron rebelle
Il trouva dans la flamme une nuit éternelle.

Mais d'un autre costé, dans ce brillant Sejour,
Où l'Estre Souverain tient sa celeste Cour,
Au milieu des neuf Chœurs que composent les Anges,
Il se forme un concert d'Hymnes & de loüanges,
Et tout y retentit des victoires d'un Roy
Qui de tant d'Ennemis fait triompher la Foy.

Charlemagne, *& LOVIS*, *qui si souvent pour E*
Parmy tant de perils signalerent leur Zele,
Et par de longs travaux cimentez de leur sang
Entre les bienheureux meriterent un rang,
Se sentent transportez d'un saint excés de joye,
De voir leur Heritier qui marche sur leur voye,
Qui sans estre ébloüi de sa propre splendeur
A l'Auteur de ses jours rapporte sa grandeur,
Qui sachant qu'il n'en est que le depositaire
Luy rend de tous ses dons un aveu volontaire,
Qui par ses seules Loix regle tous ses projets,
Et sçait par son exemple instruire ses Sujets.

   O! que le Zele ardant dont son Ame est éprise
Un jour portera loin le flambeau de l'Eglise,
Et qui peut mieuxque Luy par un dernier revers
Au doux joug de la Foy ranger tout l'Univers:

   Aussi bien que Calvin, de sa fausse doctrine
Luther sent approcher la trop juste ruine:
L'infidelle Croissant déja pasle & glacé
Craint cet Eclypse entier dont il est menacé;
Il pense déja voir triompher dans Byzance
Ce Heros, qui d'Alger terrassa l'arrogance,

Et du grand Constantin renouvellant les droits,
Ⴀ faire refleurir le Culte de la Croix.

  Que si l'Oracle saint du grand Dieu des Armées
Le destine à cueillir les palmes Idumées,
S'il veut voir par ses mains affranchir son tombeau,
Et si je suis témoin d'un triomphe si beau,
Alors sans tout ce fard qu'on emprunte des fables
Ie depeindray si bien ses exploits veritables,
Que les vives couleurs du tableau de ce Roy
Effaceront Achille, Ænée, & Godefroy.

  Vueille le juste Ciel répondre à ce presage,
Luy prester de longs jours pour un si grand Ouvrage,
Et lors que pour sa gloire il aura combattu
Du Laurier immortel couronner sa Vertu.

F I N.

Permis d'imprimer. Fait ce 8. Fevrier 1686.
DE LA REYNIE.